Les plus belles histoires du Père Castor

qui font rire

www.flammarion-jeunesse.fr

Conception graphique : Flammarion

Éditions Flammarion (n° L.01EJDN001180.C003)
87, quai Panhard-et-Levassor – 75647 Paris Cedex 13
ISBN : 978-2-0813-6603-9 – Dépôt légal : août 2016
Imprimé en Espagne par Graficas Estella en juillet 2017
Loi n° 49-956 du 16 juillet 1949 sur les publications destinées à la jeunesse

Les plus belles histoires du Père Castor qui font rire

Père Castor • Flammarion

Va-t'en, gros loup méchant !

Anne-Marie Chapouton,
illustrations de Vanessa Gautier

Il était trois petits lapins
qui s'en allaient au bois chercher des fraises,
de bonnes fraises des bois.
En chemin, ils chantent :
Hou ! Hou !
Va-t'en loup, gros loup méchant !
Va-t'en, va-t'en !

Mais le loup n'a pas peur.
Il a tout entendu. Il dit :
– Miam ! Miam ! Je suis gourmand !
Le temps de m'habiller, parce qu'il fait frais,
et je m'en vais les croquer tous les trois,
farcis à la fraise des bois.

Vite, vite, il attrape sa culotte.
Crotte ! L'élastique est craqué.
Alors le loup, le gros loup méchant, enfile une aiguille
et se met à raccommoder, en se disant :
« Pas de panique, j'ai tout mon temps ! »

Les lapins sont arrivés.
Ils cueillent des fraises en chantant toujours :
Hou ! Hou !
Va-t'en loup, gros loup méchant !
Va-t'en, va-t'en !

« Ha, ha ! J'arrive ! » pense le loup
en enfilant sa chemise.

Mais il manque trois boutons.
Ça lui fait un courant d'air sur l'estomac,
et des guili-guili sur le nombril.
Alors, il va chercher une autre chemise.

Les lapins cueillent toujours en se dépêchant.
Hou ! Hou !
Va-t'en loup, gros loup méchant !
Va-t'en, va-t'en !

– Minute, minute ! dit le loup,
en glissant la chemise dans son pantalon.
Ça y est, enfin. Il est prêt.

Il fait trois pas en courant, mais, aïe !
Il s'arrête en se tenant un pied.
– Boudin, crottin ! C'est plein de piquants par ici !
Et il revient en boitillant pour enfiler ses souliers.
Tant pis si les lacets sont craqués.

Maintenant, le gros loup méchant est tout à fait prêt, et il peut enfin crier :
– J'arrive !
Mais, PLAF !
Il se prend les pieds dans ses lacets…
et il s'étale à plat ventre dans les ronces bien piquantes.
– Aille ! Ille ! Ouille ! hurle le loup.
Mon nez ! Mon pauvre nez !

Les lapins ont tout entendu,
et s'en vont en courant vite, vite, jusqu'à leur terrier.
Sauvés !

Ce matin, le gros loup des bois mangera des fraises,
de bonnes fraises des bois, et pas de petits lapins…

Et voilà ! Voilà !
Et tant pis s'il n'aime pas ça !

Gonflée, la grenouille !

Un conte de Zemanel d'après Jean de La Fontaine,
illustrations de Maud Legrand

Souriante, pimpante et pétillante,
Fa-Dièse la grenouille vit au milieu de la mare,
avec son clavecin, son ballon de bain,
sa lunette astronomique à lorgner le ciel étoilé,
sa grande encyclopédie illustrée,
son échelle météo, sa jolie table de jardin
et sa petite chaise en rotin.

Parmi toutes les feuilles de nénuphar,
celle de Fa-Dièse est la plus grande,
la plus brillante, la plus impressionnante.

Fa-Dièse aime à se montrer, aime à se faire voir,
aime surtout à se faire valoir.
C'est qu'elle ne doute pas d'elle, Fa-Dièse !
Parmi tous les batraciens de la mare,
elle se vante d'être la plus grosse, la plus savante,
d'avoir la voix la plus envoûtante.

C'est l'heure de son concert hebdomadaire.
Fa-Dièse s'avance sur sa feuille de nénuphar
tandis que ses sœurs et cousines
prennent place sur les feuilles voisines.
Tout autour, les têtards frétillent d'impatience.
Sur l'eau, papillons et libellules se posent.
Fa-Dièse se dresse, gonfle d'air sa poitrine
et lance un la suivi d'un do retentissant.

Fière d'elle, Fa-Dièse attend les applaudissements.
Mais tous les spectateurs regardent vers le champ.
Dans le pré voisin vient d'arriver un bœuf.
Grenouilles, têtards, libellules et papillons,
tous se pressent pour voir l'énorme animal en action.
– Koi ! Koi ! Koi ! C'est quoi, ça ? crie Fa-Dièse, vexée.

Ni une ni deux, Fa-Dièse installe son clavecin
sur la berge et reprend son concert :
Do ! Ré ! Mi ! Écoutez-moi !
Fa ! Sol ! La ! Regardez-moi !
Voyez comme je suis grande !
Voyez comme je suis belle !
Mais personne ne tourne les yeux vers elle.
Tous continuent à admirer le colosse brouter.

Alors, Fa-Dièse va chercher sa jolie table de jardin, la pose sur le clavecin et s'assied, tout en haut, sur sa petite chaise en rotin.

Do ! Ré ! Mi ! Écoutez-moi !
Fa ! Sol ! La ! Regardez-moi !
Voyez comme je suis grande !
Voyez comme je suis belle !
Mais nul ne prend la peine de se tourner.
Tous ont le regard fixé sur le bœuf
qui mastique lentement l'herbe du pré.

Piquée au vif, Fa-Dièse va chercher
sa lunette astronomique,
son échelle météo, et s'installe
tout en haut.
La ! La ! La ! Voilà, voilà !
Écoutez-moi, regardez-moi !
Avouez que la plus belle et la plus grande,
C'est bien moi !

Toute l'assistance fait « Waouh ! ».
Mais c'est pour féliciter le bœuf
qui bâille et se détend.
Fa-Dièse, elle, on ne la voit toujours pas.
Plus énervée que jamais,
la grenouille attrape son ballon de bain
et sa grande encyclopédie illustrée.
Elle les juche tout en haut de la pile
et grimpe au sommet.

En équilibre sur le ballon de bain,
Fa-Dièse ouvre la bouche et avale
tout l'air qui peut entrer dedans.
Elle gonfle ses joues, elle gonfle son ventre…
Elle en devient ronde, elle en devient bleue.
Elle est au bord de l'asphyxie.

« Et là, et là, la la ? » souffle-t-elle,
en se haussant sur la pointe des pattes.
Pas un mot ! Pas un regard !
L'assemblée reste muette.
Tous n'ont d'yeux que pour le bœuf
qui termine son repas.

Soudain, la patte de Fa-Dièse glisse.
Alors, le ballon roule,
la lunette astronomique se rétracte,
l'encyclopédie se referme,
l'échelle casse, la chaise bascule,
la table se renverse et le clavecin s'affaisse.

PATATRAS !
Tout s'écroule, dégringole et finit par terre,
et la grenouille avec !
La voilà toute ratatinée, cabossée, brisée...

– Splendide ! Magnifique ! clame la foule.
« Tiens, on m'applaudit enfin ! » se dit Fa-Dièse.
Point du tout !
En réalité, tous disent bravo au bœuf
qui, après avoir bu une longue gorgée,
quitte tranquillement le pré.

La grenouille ramasse son clavecin,
sa jolie table de jardin,
sa petite chaise en rotin, son échelle météo,
sa grande encyclopédie illustrée,
sa lunette astronomique à lorgner le ciel étoilé,
son ballon de bain, et elle retourne
sur sa feuille de nénuphar.

Après tout, sa place est là, là au milieu de la mare,
parmi les grenouilles, ses voisines et cousines.
Ça lui apprendra !
À quoi lui sert de se prendre pour ce qu'elle n'est pas ?

Espèce de petit monstre

Odile Hellmann-Hurpoil, illustrations de Didier Balicevic

Simon, le petit dernier de la famille, en a assez.
À la maison, tout le monde le surnomme « petit monstre ».

Dès le matin, Maman lui dit :
– Tu as encore fait des taches de chocolat sur ton pyjama, Simon. Tu pourrais faire attention, espèce de petit monstre !
Puis Papa, ses clés de voiture à la main, s'impatiente :
– Es-tu prêt pour l'école, petit monstre ?

Et le soir, ça continue : Théo, son frère aîné, et Julie, sa grande sœur, n'arrêtent pas de traiter Simon d'« espèce de petit monstre ».
Il s'approche de Julie. Elle crie :
– Maman, l'espèce de petit monstre veut gribouiller sur mes cahiers ! Dis-lui de me laisser !
Il entre dans la chambre de Théo, qui hurle :
– Va-t'en, espèce de petit monstre, tu vas casser mes maquettes !
Et Théo repousse Simon, tandis que Julie lui dit tout bas :
– Tu seras privé de dessert, petit monstre casse-pattes !

Alors, ce soir-là, Simon est très malheureux :
« Comme c'est triste d'être le petit monstre de la famille ! »
Il court dans la chambre de ses parents et s'arrête devant l'armoire à glace. Mais il n'ose pas se regarder dans le miroir.
Que va-t-il y voir ? Un gros pou noir à tête de cachalot, aux oreilles d'éléphant, aux cornes de rhinocéros et aux pattes de crapaud ?

C'est alors que Maman appelle :
– À table, tout le monde !
Ce soir, il y a de la pizza et de la mousse au chocolat : tout ce que Simon adore !
Simon éclate en sanglots. « Un petit monstre comme moi n'aura pas le droit à la pizza, encore moins à la mousse au chocolat. Je mangerai les restes ! » se dit-il.
Il entend alors Papa s'exclamer :
– Où est donc passé Simon ? Jamais à l'heure, ce petit monstre !

C'en est trop ! Simon ravale ses larmes et serre les poings. Ah ! Ils vont voir ce qu'ils vont voir : un monstre, oui. Et un vrai de vrai !
Il se barbouille les joues et le menton avec la mousse à raser de Papa. Il se peinturlure le nez, les oreilles et le front avec le rouge à lèvres de Maman. Il enduit ses cheveux de cirage noir et les dresse en piquants avec le gel de Théo. Il met aussi ses dents de vampire et son collier en griffes de dragon.
Puis il s'enferme dans les toilettes.
Là, il dévide trois rouleaux de papier et s'entortille dedans.
Et maintenant, Simon le monstre ne bouge plus.

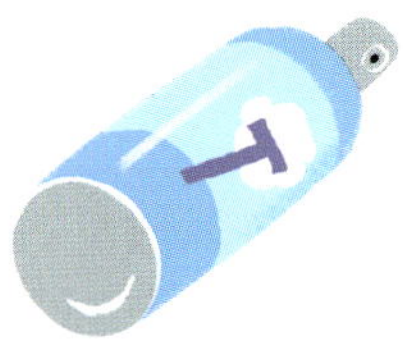

Mais il entend Maman parcourir la maison en appelant :
– Simon, mon ange, où es-tu ? Viens vite dîner !
Il entend Papa fouiller le garage, le jardin, en suppliant :
– Simon, mon chéri, sors de ta cachette, on s'inquiète !
Il entend Julie et Théo se disputer.
– Espèce de chipie, c'est ta faute si notre petit frère a disparu. Tu lui as encore dit des méchancetés !
– C'est plutôt à cause de toi, Théo, tu l'as encore bousculé, espèce de grosse brute !

Alors, Simon sort des toilettes, à cloche-pied…
Aussitôt, Papa, Maman, Théo et Julie l'entourent et le déroulent en riant.

– Tiens, c'est Halloween aujourd'hui, les momies sont de sortie !

– Je ne suis pas déguisé, crie Simon. Vous me traitez tout le temps de petit monstre, alors j'en suis devenu un vrai !

Maman serre Simon très fort dans ses bras :

– Mais non ! Tu restes le petit monstre chéri de notre famille de monstres. Mon joli monstre à moi, la maman monstre, qui s'énerve trop souvent après les autres monstres !

– Eh oui, dit Papa, il m'arrive aussi d'être un grand monstre, qui dit de vilains mots quand l'évier est bouché ou que la voiture refuse de démarrer !
Puis, montrant Théo et Julie, écroulés de rire, il ajoute :
– Quant à eux, ce sont deux moyens monstres, qui n'arrêtent pas de se disputer et de t'embêter !

Simon éclate de rire et, vite, il retire ses dents de vampire et court se débarbouiller.
À table, il engloutit deux parts de pizza et trois portions de mousse au chocolat. Théo et Julie aussi.
Eh oui, ce soir, les enfants de la famille ont beaucoup d'appétit.
Un appétit monstre, quoi !

Brosse-toi le bec, Cocopoulette !

Clair Arthur, illustrations de Vincent Mathy

– Kit-kit, ki-dik !

– Hein ? Comment ça ?

Ce n'est pas : Kit-kit, ki-dik ! C'est : Cot-cot, co-dac !

Répète : Cot-cot, co-dac !

– Kit-kit, ki-dik !

– Eh bien, ça y est... Tu as attrapé une carie, dit Ninipoulette, la maman de Cocopoulette.

Voilà ce que c'est que de ne jamais se brosser le bec.

Approche... Eh bien, oui, tu as un petit trou dans le sourire !

KIT-KIT
KI-DIK !

Il va falloir réparer ça. Tu ne peux pas continuer de chanter comme ça. Un trou dans le bec, ça fait une fuite, et après, une carie, et voilà le travail, tu chantes comme un tuyau percé ! Demain, je t'emmène chez le dentiste. Euh, chez le becquiste.

Le lendemain matin, Cocopoulette et sa maman Ninipoulette prennent l'autobus pour se rendre chez le becquiste qui habite au bord de la rivière. Au bord de la rivière ? Oui, le becquiste est un canard colvert. Il s'appelle Dudule. Dans les roseaux, il a installé une pancarte : « Dudule Lebidule, le mécano des mandibules ».

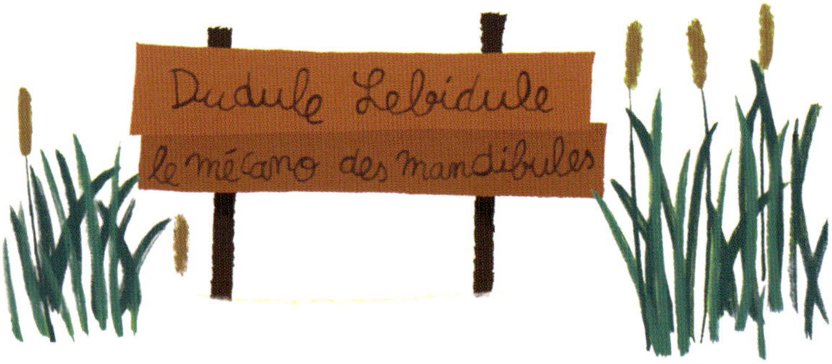

3

– Alors, ma poule, qu'est-ce qui ne va pas ?
demande Dudule à Cocopoulette.
– Je n'ai rien, tout va très bien, répond la petite poule.
– Non, non, non, tout ne va pas très bien, rectifie sa maman.
Chante devant monsieur le becquiste.
– Kit-kit, ki-dik ! Kit-kit, ki-dik !

– Ououououh… en effet…
Assieds-toi, dit Dudule en montrant un vieux pneu
qui sert de fauteuil.

Pendant que le canard fouille dans ses tiroirs,
Cocopoulette regarde la grosse lampe au-dessus de sa tête.
Elle regarde aussi la roulette : une espèce de gros crayon
au bout d'un bras articulé qui sert à boucher les trous des becs.

Dudule met ses lunettes.

Il ouvre une boîte : « Pâte pour bec de poule ».

Avec une cuillère à café, il en tartine le bec de Cocopoulette.

Un coup de sèche-plumes…

et, roule ma poule, c'est sec.

– Vas-y, chante.

– Poeut pouèt, tut tut tut ! Poeut pouèt !

– Ououououh, il y a encore un problème. Maintenant, tu chantes comme un vieux klaxon. Je vais arranger ça.

Dudule plonge à nouveau dans ses tiroirs.
Cocopoulette regarde le bureau du becquiste.
Dessus, elle aperçoit la photo de trois enfants, dans un cadre.
Tous les trois en cravate et col vert. Elle voit aussi une affiche.
Une publicité pour un tube de becquifrice.

– Maintenant, ouvre le bec, ma petite Cocotte.
Dudule trempe le crayon de la roulette
dans un bocal sur lequel est inscrit :
« Bouche-trou de bec pour pie, cygne, coucou et poule ».
Eh, hop... roule roule roulette
dans le bec de poule poule poulette...

– À présent, rince-toi le gosier.
Et il tend à Cocopoulette
un verre en feuille de chou,
rempli d'eau de la rivière.
Tout de suite après,
Ninipoulette demande
à sa fille de chanter.
Un cri extraordinaire
sort alors du bec
de Cocopoulette.
– Caaaatt caat, cadaaak !
Caaaatt caat, cadaaak !

Le long de la rivière, tous les animaux s'arrêtent
pour écouter la petite poule chanter.
Même la grenouille Barbara qui a déjà chanté
sur le trottoir, devant l'Olympia.
L'Olympiaaaa aah !
– Coin, coin, ah, si je pouvais chanter comme toi,
dit Dudule à Cocopoulette.

Tiens, en plus, je vais te faire un cadeau.
Une belle brosse à bec, avec un tube de becquifrice.
– Merci, Dudule. Tu veux que je te passe, moi,
la « roule roulette » pour chanter comme moi
la « chanson chansonnette » ?
– Ououououh... non, non, merci, Cocopoulette...
mais, là, je dois soigner les dents d'une chèvre chevrette.
– Caaaatt caaat, cadaaaak cat !
Dans l'autobus qui les ramène à la maison,
Cocopoulette chante à tue-tête.
Dans un grand rire, Ginette,
la tortue qui conduit le bus, s'exclame :
– Ma parole, je transporte une chanteuse d'opéra !
D'opéraaa aah !

Espèce de cucurbitacée !

Nathalie et Yves-Marie Clément, illustrations de Louis Alloing

Pépé Adrien se redresse et me crie :
– Espèce de cucurbitacée ! Regarde un peu où tu mets les pieds ! Tu viens de détruire une famille entière de radis !
– Mais, Pépé...
– Il n'y a pas de « Mais » ! Je suis en colère !
Pépé est vraiment en colère. Il ajoute :
– Et puis d'abord, on ne jardine pas avec des baskets, parce qu'après, il y a de la terre plein la cuisine. Et tu sais bien que Mémé Mathilde n'aime pas ça.
Tout en sarclant ses haricots, Pépé Adrien continue de ronchonner dans ses moustaches grises.

Moi, je l'aime bien, mon pépé Adrien.

Avec lui, je fais tout ce que je veux dans le jardin... ou presque.

J'ai le droit d'utiliser les outils, même la pioche.

D'ailleurs, plus tard, je serai jardinier, comme lui.

Et, comme lui, je récolterai les plus beaux légumes du pays.

Mais aujourd'hui, je suis un peu vexé. Et même fâché.
Pépé Adrien y est allé un peu fort avec moi.
Tout ça pour une minuscule poignée de radis.
Il m'a traité ! Pépé Adrien m'a traité ! Mais il m'a traité de quoi, au fait ? De « cucu... de cucu... quelque chose ».
Mince, je ne m'en souviens pas ! C'était pourtant un superbe gros mot ! Un gros mot énorme, gigantesque, et si terrible que je me serais fait un plaisir de le ressortir à l'école pour épater les copains.
Parfois, je pense que Maman n'a pas tout à fait tort.
Elle dit que j'apprends de mauvaises manières avec Pépé Adrien, et que si ça continue, finies les vacances à la campagne !
« Cucu... quelque chose... » Aïe, aïe, aïe !
Si Maman avait entendu ça !

Agenouillé sur une planche, Pépé Adrien soulève les feuilles sous lesquelles se dissimulent de beaux cornichons.
Il rouspète encore :
– Ah ! Les cochons de cornichons !
Ils sont allés se cacher dans les coins ! Les coquins !

Moi, je ne les aime pas, les cornichons.
Je préfère les fraises et les framboises.
Je me demande parfois pourquoi Pépé Adrien se casse la tête à faire pousser des horreurs pareilles !
Mais pour l'instant, je n'ai qu'une idée en tête.
Je voudrais que Pépé Adrien redise l'énorme gros mot de tout à l'heure. Il faut à tout prix que je trouve une astuce pour le lui faire sortir.
Ça ne va pas être facile, car Pépé Adrien est malin. Et puis c'est un champion de gros mots. Il en connaît des millions.
Il répète rarement deux fois le même.
S'il allait à l'école, Pépé Adrien serait le plus fort de ma classe.

La tête en l'air et mine de rien, je me prends le pied dans l'anse de son panier, et je renverse tous ses cornichons. Mais Pépé Adrien me sort tout juste un :

– Espèce de grosse citrouille !

Alors je laisse tomber la pelle sur ses rangs de tomates. Il s'exclame :

– Nom d'un haricot géant ! Tu vas tout casser ! Cornegidouille de cornegidouille !

Je cueille une pomme verte en passant. Il s'écrie :

– Tête de mule ! Vas-tu les laisser mûrir ? Saperlipopette !

Il regarde ensuite sa montre et soupire :

– Midi... Si c'est pas l'heure du repas, alors qu'est-ce que c'est ?

Il jette un coup d'œil sur son jardin et ajoute :
– Et puis tu es en train de tout me massacrer. On croirait qu'il y a eu la guerre, là-dedans.
On peut dire que c'est l'échec complet. Comment s'y prendre pour lui faire dire enfin ce gros mot extraordinaire ?

Après le repas, Pépé Adrien se contente d'un superbe :
« Nom d'un canon de bazooka » quand je le bats aux dominos.
Mais hélas, toujours pas de « cucu... quelque chose ».

– Branle-bas de combat ! s'écrie Pépé Adrien après sa sieste,
il est temps de retourner au jardin.

Là, c'est à moi de jouer !

Pépé Adrien va chercher les outils dans la remise.
– Pelle, faux, binette, râteau. Et surtout un bon chapeau,
car il va faire chaud, chantonne-t-il en enfonçant sa casquette.

Il me donne le râteau et dit :
– Cet après-midi, mon petit bonhomme, on va s'occuper
de ton potager. Et on va semer des...
– Des haricots ?
– Hum, non !
– Alors des petits pois ?
– Pas du tout ! Aujourd'hui nous semons des cucurbitacées !
Je n'en reviens pas. Je répète :
– Des cu-cur-bi-ta-cées !

– Tiens, prends ce paquet. L'année dernière, j'ai gagné un concours avec ces graines-là.

Mais je ne l'écoute plus. Pépé Adrien vient de redire le gros mot extraordinaire, comme ça, sans se fâcher. Tout bêtement…

J'attrape le paquet de graines et je suis du doigt les indications.

C'est écrit :

Graines de citrouille – Cucurbitacée
Variété vigoureuse, semi-tardive
(Semer de mai à août en pleine terre).

Je me mets à danser en chantant :

– Cucurbitacées ! Cucurbitacées ! Cucurbitacées !

Et toutes les graines de cucurbitacées jaillissent hors du paquet.

Cette fois, Pépé Adrien n'est vraiment pas content.

Il devient tout rouge et s'écrie :

– Espèce de cornouiller ! Je n'ai pas besoin d'un clown dans mon potager. File d'ici, avant que j'explose !

Pas question d'insister. Je cours vers la barrière du jardin.

Je vais aider Mémé Mathilde à faire ses confitures.

Une fois de plus, Pépé Adrien est fâché contre moi.

Mais quand même, de là à me traiter !

Mais il m'a traité de quoi au fait ?

De « cor… de cor… de cor… quelque chose » !

Le monstre de la jungle

Sylvie Poillevé, illustrations d'Hervé Le Goff

Dans la jungle immense, tout est calme…
Planplan, l'énorme éléphant, dort tranquillement.
Soudain, des picotis, des grattouillis,
et surtout un grand cri le réveillent.

À gauche, à droite, devant, derrière…
Personne !
Pourtant, au creux de son oreille,
encore et encore, un grand cri résonne.
Un cri gigantesque, un cri énorme,
un cri… monstrueux !

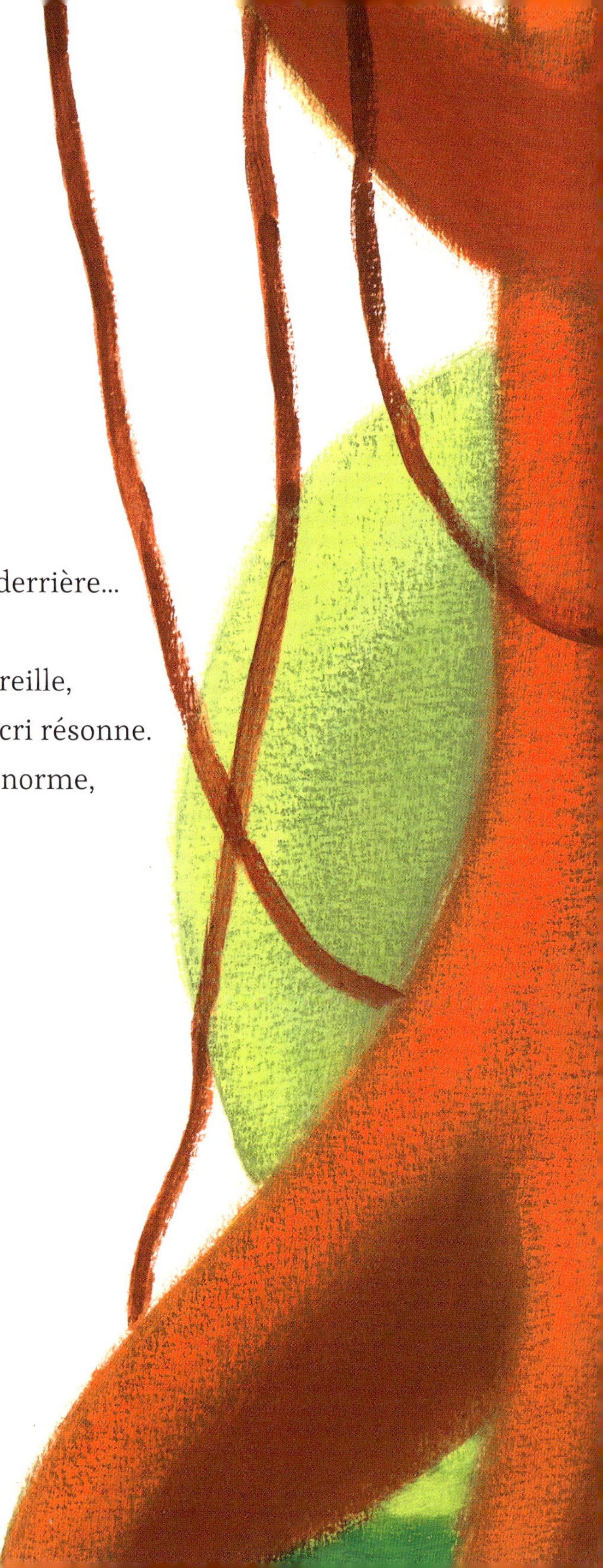

Affolé, Planplan s'enfuit en courant.
Ranplanplan, ranplanplan, ranplanplan...
font ses énormes pattes sur le sol.

Il croise son énorme ami Hippo, et, tout tremblant, saute sur son dos en bredouillant :
– Un... un... mon-mon-monstre me poursuit !
– Un monstre ?... Courons, fuyons ! hurle Hippo, effrayé.
Et dans un nuage de poussière, tous deux s'enfuient à grand bruit.
Ranplanplan, ranpanplan, ranplanplan...

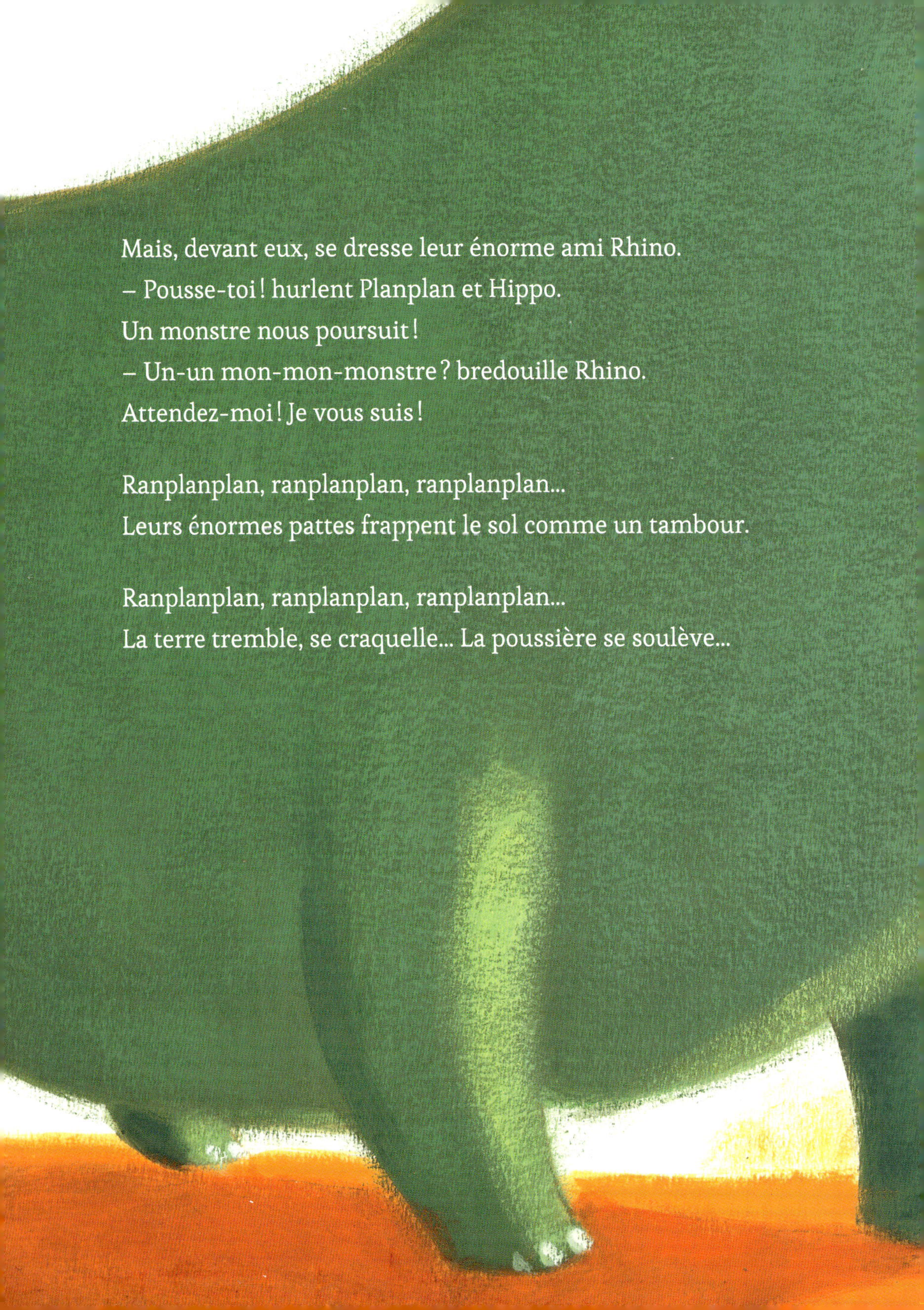

Mais, devant eux, se dresse leur énorme ami Rhino.
– Pousse-toi ! hurlent Planplan et Hippo.
Un monstre nous poursuit !
– Un-un mon-mon-monstre ? bredouille Rhino.
Attendez-moi ! Je vous suis !

Ranplanplan, ranplanplan, ranplanplan...
Leurs énormes pattes frappent le sol comme un tambour.

Ranplanplan, ranplanplan, ranplanplan...
La terre tremble, se craquelle... La poussière se soulève...

– Stop !! Ça suffit tout ce bruit ! crie la voix du monstre.
Dans une belle bousculade, les trois amis
arrêtent leur folle course.
Où est-il ce monstre, où se cache-t-il ?
Et soudain, ils le voient… là… au creux de l'oreille de l'éléphant.
C'est une… puce, toute petite, toute riquiqui, et rouge de colère,
qui leur crie :
– Alors, comme ça, je ne peux plus chanter tranquillement ?

Le premier œuf de Pâques

Zemanel, illustrations d'Amélie Dufour

COCOTI, COCOTA !
Voilà que dans la basse-cour, Poulette caquette
de sa plus belle voix.
Elle vient de pondre son tout premier œuf.

Quel bonheur, quelle joie.
Zou ! Elle le glisse sous son aile.
Et vite, elle court, trotte et vole hors du poulailler.

Vite, si vite que son œuf glisse
et tombe dans la mare aux cochons.
Oh non ! Le voilà couvert de boue !

Poulette se précipite, le ramasse,
le remet sous son aile et court, court...

– Où cours-tu comme ça, Poulette ?
demande une grosse poule rousse.
– À la fête aux œufs, montrer mon premier œuf !
– Vraiment ! Si j'étais toi, je n'irais pas.
Tu n'es pas assez expérimentée,
tout le monde va se moquer.
Cache ton œuf, crois-moi.

Mais Poulette ne l'écoute pas.

Elle court, trotte
et vole vers la prairie.

Vite, si vite que son œuf glisse
et tombe dans un buisson.
Oh non ! Le voilà couvert de feuilles !

Poulette se précipite, le ramasse,
le remet sous son aile et court, court...

– Où cours-tu comme ça, Poulette ? chante un joyeux rossignol.

– À la fête aux œufs, montrer mon premier œuf !

– Vraiment ! Si j'étais toi, je n'irais pas.

Ton œuf n'est pas assez fin, pas assez délicat ; tout le monde va rigoler. Cache-le, cela vaut mieux.

Mais Poulette ne l'écoute pas.

Elle court, trotte et vole vers le ruisseau.
Vite, si vite que son œuf glisse
et tombe au bord de l'eau.
Oh non ! Le voilà couvert de sable !

Poulette se précipite, le ramasse,
le remet sous son aile et court, court...

– Où cours-tu comme ça, Poulette ?
questionne une grande autruche.
– À la fête aux œufs, montrer mon premier œuf !
– Vraiment ! Si j'étais toi, je n'irais pas.
Ton œuf n'est pas assez gros, voyons,
tu vas te ridiculiser. Cache-le, cela vaut mieux.

Mais Poulette ne l'écoute pas.

Elle court, trotte et vole vers la colline.
Vite, si vite que son œuf glisse
et tombe dans les fleurs.
Oh non ! Le voilà couvert de pétales de toutes les couleurs !

Poulette se précipite, le ramasse,
le remet sous son aile et court, court...

– Où cours-tu comme ça, Poulette ?
interroge l'aigle royal, le plus fier des oiseaux.
– À la fête aux œufs, montrer mon premier œuf !
– Vraiment ! Si j'étais toi, je n'irais pas.
Ton œuf n'est pas un œuf de grande lignée,
tu vas choquer l'assemblée !
Cache-le, cela vaut mieux.

Mais Poulette ne l'écoute pas.

Elle court, trotte et vole jusqu'au sommet de la montagne.
Là où niche la reine des poules.
C'est elle qui désigne le plus bel œuf
à chaque début de printemps.
Il y a devant elle toutes sortes d'œufs.

Il y en a des petits et des gros,
des minuscules et des géants,
des bleus et des gris,
des blancs et des jaunes...
Jamais notre poulette n'en a vu autant.

Poulette pose à côté d'eux son œuf plein de boue, de feuilles, de sable et de pétales de toutes les couleurs.

Le silence s'installe sur la montagne.

– Tiens, tiens, quel drôle d'œuf ! dit la reine des poules.

– Tiens, tiens, quel drôle d'œuf ! répète l'assemblée.

La reine des poules rentre sa tête, réfléchit,
ressort sa tête, regarde de tous côtés, et déclare haut et fort :
– COCOTI, COCOTA ! Le plus bel œuf de l'année est là.

– Bravo ! Bravo ! crie toute l'assemblée.

Poulette est applaudie, félicitée,
y compris par la poule rousse,
le rossignol, l'autruche et l'aigle royal.

L'œuf de Poulette a tellement été apprécié
que la reine des poules a décidé
que dorénavant, à chaque début de printemps,
les œufs devront tous être décorés.

3 petits moutons

Agnès Cathala, illustrations de Laurent Richard

C'est l'histoire de trois petits moutons,
bouclés comme des tourbillons.
L'un est roux comme un potiron,
le deuxième blanc comme le coton,
et le troisième noir comme le charbon.
Toute la journée, les trois petits moutons
chantent sur tous les tons :
Prom'nons-nous dans les prés
Où le loup ne vient jamais...

Un jour, les trois petits moutons quittent leur troupeau
et sautent l'enclos.
De l'autre côté de la clôture, attention c'est l'aventure :
la forêt du loup à la dent dure...
Pauvres agneaux, que va-t-il leur arriver ?
Pas du tout inquiets, les trois petits moutons chantent
à pleine voix :
Prom'nons-nous dans les bois
Tant que le loup n'y est pas...

Soudain, derrière les trois petits moutons,
une grosse voix reprend la chanson :
Prom'nons-nous dans les bois
Tant que le loup n'y est pas !
Si le loup y était,
Il nous mangerait...
Mais comme il n'y est pas
Il nous mangera pas !

Un drôle de mouton suit les trois amis en chantant lui aussi.
C'est un mouton étonnant, ni roux, ni noir, ni blanc.
Un mouton gris souris avec de grandes dents...

– Bêêê, bêêê ! Bonjour ! disent les trois petits moutons tout contents.
– Hou, hou ! Coucou ! répond le mouton gris.
Ça alors ! C'est un mouton qui ne sait pas bêler !
Les trois petits moutons rient à en pleurer de chaudes larmes bien salées.

Et c'est le moment que choisit le mouton gris pour les piéger dans un filet à provisions.
– Des moutons aux larmes salées ! Miam ! Je vais me régaler !
Les trois petits cochons m'ont bien eu mais, parole de loup, je ne me ferai pas avoir dans cette histoire et je croquerai ces trois lascars !

Les trois petits moutons, pelotonnés dans le filet, ont compris :
le grand gentil mouton gris est en vérité
le grand méchant loup de la forêt !
Ils doivent trouver comment lui échapper...

Sitôt arrivés à la maison du loup, les trois petits moutons
sont enfermés dans le garde-manger.
Pendant que le loup s'agite aux fourneaux,
les trois prisonniers parlent tout haut.
Le mouton roux dit :
– Beurk ! La laine, c'est dégoûtant !
Le mouton blanc dit :
– Si le loup veut nous manger, il doit nous tondre avant.
Le mouton noir dit :
– Avec nos laines, avant d'être dévorés,
nous pourrions lui tricoter un joli manteau rayé !

Et les trois petits moutons de chanter à l'unisson :
Tricot tricotons un manteau rayé, noir, roux et blanc,
Tricot tricotons un manteau élégant !

« Quelle bonne idée ! se dit le loup. Un repas bien gras
et un manteau bien chaud, voilà ce qu'il me faut ! »

Armé de grands ciseaux, le loup entre dans le garde-manger,
et tond un à un les trois petits moutons.
Puis il leur crie en refermant la porte derrière lui :
– Eh bien ! Tricotez maintenant !

Dans le garde-manger, les trois petits moutons tondus,
devenus roses comme les trois petits cochons,
tricotent en chantant leur chanson :
Tricot tricotons un manteau rayé,
Noir, roux et blanc,
Tricot tricotons un manteau élégant !

La soupe aux oignons bouillonne dans le chaudron. Miam !
Bientôt, le loup va plonger les trois petits moutons
dans ce succulent bouillon.
Déjà les prisonniers appellent le cuisinier :
– Si Monsieur le Loup veut bien se donner la peine d'essayer
son manteau rayé...

Sans se méfier, le loup entre dans le garde-manger
et se glisse dans son manteau.
Mais...

– Nom d'un gigot ! Ce manteau n'a pas de manches pour bouger ! s'écrie le loup, piégé.
– Non, mais il a une grande ceinture pour mieux vous attacher ! lui répond l'un des agneaux.

Et hop ! Voilà le grand méchant loup ceinturé, emberlificoté, dans son beau manteau tricoté.
Clic clac ! Les trois petits moutons l'enferment dans le garde-manger et s'en vont sans se retourner.

Sitôt dans la forêt, les trois petits héros croisent leur troupeau parti les chercher.
Trop contentes de les retrouver, leurs mamans ne pensent même pas à les gronder !
S'en retournant vers le pré, le troupeau tout entier chante à l'unisson derrière les trois petits moutons roses comme cochons, tout nus sans leur toison :
Prom'nons-nous dans les bois, tant que le loup n'y est pas !
Prom'nons nous dans les prés, le loup est enfermé !

Vite, vite, au loup !

Magdalena, illustrations de Tristan Mory

– Qui a peur du loup ?

– C'est pas nous, c'est pas nous !

crient les petits lapins en sautant sur le chemin.

– Qui a peur du loup ?
– C'est pas nous, c'est pas nous !
chantent les petits cochons en sortant de leur maison.

– Qui a peur du loup ?

– C'est pas nous, c'est pas nous !

gloussent les petites souris en cueillant des pissenlits.

– Qui a peur du loup ?
– C'est pas nous, c'est pas nous !
piaillent les hérissons
en se jetant des marrons.

– Qui a peur du loup ?

– C'est pas nous, c'est pas nous !

disent les petits oursons en se lançant le ballon.

– Qui a peur du loup ?
– C'est pas nous, c'est pas nous !
hurlent les petits loups en se cachant dans un trou.

– Qui vient dans le bois ?
C'est Papa Loup que voilà.
– Mes petits loups, montrez-vous. Hou ! Hou !
Je suis le grand méchant loup !

Lapins, cochons, souris, hérissons et oursons ont entendu dans les bois venir le grand méchant loup.

Ils courent partout !

– Vite, vite, sauvons-nous ! Vite, vite, rentrons chez nous !

Voilà le grand méchant loup.

Les petits loups sortent de leur trou.
Ils sautent au cou de Papa Loup en riant
comme des petits fous.

– Ce n'est pas le grand méchant loup, voyons, c'est notre Papa Loup !

– Venez, donnez-nous la main pour faire la ronde avec nous, dit Papa Loup.

Et tous chantent :

Nous n'avons plus peur du loup,
Peur du loup,
Peur du loup,
Nous lui faisons des bisous,
Il est doux, il est doux.

Boudi-Boudin

Jo Hoestlandt, illustrations d'Arnaud Boutin

Boudi-Boudin n'est jamais content.
Ni le matin, ni le midi, ni le soir. JA-MAIS.

Il grogne :
– Mon pantalon est trop long !

– J'ai mal aux pieds dans mes souliers.
Mon écharpe me gratte et mon blouson
ne veut pas s'attacher !

GRRR
NO

GRRR
15
13475 AB76
15
oil

Boudi-Boudin grogne encore :
– Mon petit vélo est bien trop haut !

– J'ai trop chaud dans cette auto !

– Il y a plein de miettes dans ma poussette !
Et j'ai perdu ma sucette !

Boudi-Boudin n'est jamais content.

Mont
SHAMPoo
miel
Eau
DE MER
Iceland
FRESH

Il ronchonne encore :
– Je veux beaucoup plus d'eau dans mon bain !
Mais attention ! C'est trop chaud !
Et voilà ! Maintenant, c'est trop froid !

– Mon verre est beaucoup trop plein !
Si je le renverse, alors tant pis...

– Berk ! Ça pouët-pouët dans les toilettes !
Et y'a une petite bête qui m'embête !

Boudi-Boudin n'est jamais content.

Il rouspète encore :
– Je veux jouer avec un copain !
Mais je ne veux rien lui prêter...
Non ! RIEN DU TOUT !
Ni mes autos ni mon petit train !
Ni mon robot ni mes doudous...
... Ils sont à MOI et puis c'est tout !

Alors son papa lui dit :
– C'est drôle, ça ! Je croyais avoir un petit garçon...
mais c'est plutôt un petit cochon
qui grogne et qui ronchonne
tout le temps à la maison !

US
TURBO
E
83
76

Un petit cochon !
Ça fait bien rigoler Boudi-Boudin :
– Ah ! Ah ! Ah !
Il se met à ronfler RRROON RRROONN
comme un vrai petit cochon !
Son papa en fait tout autant :
RRROON RRROONN !

Si fort ronflent-ils maintenant tous les deux,
qu'on dirait que toute la maison
est toute pleine de cochons...
jusqu'au plafond !

Pour découvrir les merveilleuses histoires du Père Castor !